KB092141

구분옥 시집

노블레스 오블리주"Noblesse oblige"를 실천하는 시인 구분옥

구분옥 시인은 된장을 한 주걱 넣고 봄을 한 단을 넣어 투박한 그릇에 설설 끓여 한 상 차렸다. 시인이 살아오면서 보며, 맛보고, 냄새로 익힌 장인의 정신을 한 그루의 나무로 심었다. 나무가 자라서 열매를 맺어 수확을 하고 이제 주변의 지인과 독자 앞에 좌판을 열어, 시인이 빚어 놓은 결과물을 펼쳐놓고 손님을 기다리는 상인이 되었다. 글을 잘 쓴다는 것은 문법이라는 틀 안에서 또는 어법이라는 형식이 주는 의미와 행동으로 보이는 시각적인 것까지를 표현할 줄 알아야 한다. 글을 쓰는 사람의 사고에 따라 표현방식은 형상적이면서 묘사하는 실체를 전재한다. 즉 구분옥 시인은 단순히 글자가 주는 감동에서 눈으로 보고, 귀로 듣고, 코로 맡는 감동까지 표현할 줄 아는 시인이다.

구분옥 시인은 노블레스 오블리주"Noblesse oblige"를 소리 없이 실천하는 은은한 아름다움을 지닌 시인이다. 자신이 가진 것을 내어주며 봉사와 협동을 아는 시인이다. 그래서 그런지 처음 접한 시인의 작품의 맛은 쓰고 떫다. 하지만 볼수록 느껴지는 오미(五味)는 바로 우리네 인생을 견줄만한 맛이 난다. 시인의 내면은 은은함만큼이나 잔잔하면서 멀리 그리고 오래 남는다. 그의 시를 정독해 보면, 푸릇한 봄내음과 그 속에서 피어나는 향수가 기계문명에 지친 우리의 마음에 평온과 치유를 선물해준다. 백대 명산을 완등한 힘과 현대시를 빛낼 명인명시 특선시인선에 선정될 정도의 실력을 갖춘 능력을 이제 독자와 함께하려 "언덕 위에 장독대"를 펼쳐 놓았다. 구분옥 시인이 차려 놓은 장독대에서 모두가 행복해지길 바라며 기쁜 마음으로 추천한다.

사단법인 창작문학예술인협의회 이사장 김락호

시인의 말

세월이 흐른 뒤에도 이렇듯 마음이 설렐까
세상사에 닳고 뭉개진 마음을
그 무엇이 설레게 해 줄까
어떤 자극에도 무딜 줄 알았는데
뜻밖에도 예민했다
장독대에 살포시 내려앉은 햇살을 보며
가슴이 설레다 못해 감동으로 이어져
그동안 파일 속에 담아둔 시어를 세상 밖으로
내놓겠다는 결심을 하고 큰 용기를 냈다
그리 녹록하지 않았던 지난 삶의 굴레
자연이 주는 풋풋한 혜택 누리며
감성을 순환시켜 긍정의 힘으로
아름다운 삶으로 승화시켰다
언덕 위에 장독대가 詩의 텃밭이 되었고
소소한 일상들을 조물조물 요리해
맛있는 시집을 세상에 내놓았다
행복한 이 순간 항상 곁에서 물심양면으로 도와주고
응원을 아끼지 않았던 모든 사람과
사랑하는 남편 두 아들에게 감사하는 마음으로
첫 시집 "언덕 위에 장독대"을 함께 하고 싶다

시인 **구분옥**

QR 코드

스마트폰으로 QR 코드를 스캔하면 시낭송을 감상할 수 있습니다.

제목 : 결혼 기념일 날

시낭송 : 박영애

제목 : 황혼이 오면

시낭송 : 박영애

제목 : 고백

시낭송 : 박순애

제목 : 지난 삶의 굴레

시낭송 : 박영애

제목 : 아버지

시낭송 : 박영애

제목 : 사랑의 길

시낭송 : 박영애

제목 : 나의 길

시낭송 : 김기월

제목 : 어머니 그때는 몰랐습

시낭송 : 박영애

제목 : 중년 꽃 필 때까지

시낭송 : 박영애

제목 : 평생지기

시낭송 : 박순애

제목 : 함께 걸어가요

시낭송 : 박영애

제목 : 백대명산 완등의 날

시낭송 : 박영애

♣ 목차

♣ 목차

♣ 목차

언덕 위에 장독대

꿈꾸는 마음의 뜰
지상이라는 화폭에

그 이름
그 향기
그 기억
지나간 시간
위로 세월을 덮으며

사계절 다른 느낌
자연이 만든 예술
항아리마다
혼을 불어넣어

무엇을 담느냐에 따라
달라지는 감성으로
늘 멋진 詩 잉태한다

밥상

나를 위한 밥상을
상 가득 차려 놓고 앉으니
어제 품었던 온갖 시름
다 잊어 지더이다

밥 한 공기도 못 비우고
배가 불러오는 걸 보면
아우성치던 내 인생 어찌 보면
참 소박한 인생이구나!
느껴지더이다

자신을 위해 차린
밥상을 받고 나니
이것 또한 행복이구나
알겠더이다

친구야

장점에 반했으면
믿음으로
영원히 함께 가자

단점을
사랑으로 고쳐 주고
아름답게 서로 보듬자

피고 지는 꽃처럼
곱게 물들어 가는 게
인생이더라

단점을 보고
뒤돌아서기보다
고운 마음으로 다독여 주며
존중하고 배려하며 살자

바보 같은 사랑

허허
허허

웃음 뒤에 감춰진
무서운 진실

알면서도 내어준
어리석은 마음

세월이 남긴 생채기
누굴 원망하랴

모두
내 탓이지

덫 없는 세월

갈 길을 재촉하는 바람
백 미터 달리기 선수처럼
뒤돌아볼새 없이
앞만 보고 가는구나

정열 태운 삼백육십오일
이야기꽃 가슴에 피워 놓고
가지마다 주렁주렁
그리움만 매달아 놓은 채

냉정하게 미련 없이
떠나가는 넌
정녕 무심한 세월이련가
아직도 생리 멈추지 않았거늘

바램

보고 싶다는
너의 말이
진심이었으면
좋겠어

사랑한다는
너의 고백이
사실이면
좋겠어

그립다는
너의 노래가
행복이었으면
좋겠어

나처럼 너도

홀로서기

내몰린 마음
거품으로 치장하고
화려한 도시를 도보한들
화끈거리는 안면
울렁거리는 심장
부끄러운 오지랖 앞에
늘 난 혼자다

무엇이 두려운 건가
또 무엇을 바라는가
댓가에 곱셈을 하는 순간
모든 것이 아픔이고 상처다

순리대로 살자
순리대로 받아들이자
꽃피는 봄이 그냥 왔겠는가
흔들리지 않는 나무가 어디 있겠는가
타인들도 그러거니 하고 사는 거지
힘들어도 나의 인생이다
또 다른 내일이 곧 나의 희망이다

희망 사항

뇟보에게
꽃과 같은 존재가 된다는 것
어떤 의미일까요?

햇살을 머금은
따뜻함을 주고 향기를 주고
마음을 열게 하는 존재

우리도 꽃과 같은
사람이 되어 보는 건
어떨까요?

날탕에게
먼저 따뜻한 손 내밀어
위로해주고

사랑이 필요한 곳에
재능 기부하고
정과 마음을 나누며

아름다운 이 세상에서
행복한 삶을
영위하고 싶어요

순우리말
뇟보 : 사람됨이 천하고 더러운 사람 / 날탕 : 아무것도 없는 사람

기다림

훈풍 부는 날이면
봉긋한 꽃봉오리는
몸살을 앓는다

터질 듯 말 듯
뽀얀 속살만 보이고
숫총각 애간장만 태운다

얼마나
더 흔들려야
활짝 꽃이 필까

꽃그늘 아래서
꽃비 맞으며
사랑 노래 부르고 싶다

그대와
아름다운 꽃길을
걷고 싶다

친구에게 넋두리

무슨 욕심이 그리 많은 건가
지금도 아름답고 충분한데
또 무엇을 채우려 몸살 앓이 하는가
그건 근심일세
사람 나고 돈 났다는 말 있지 않은가
너무 가지려고만 하지 마시게
뭘 그리 자꾸 잡으려고 하는가
그냥 그러거니 하고 사세나
팔다리 성할 때 놀러 다니세
이팔청춘 타령하지 말고
지천명 끈을 느슨하게 하고
행복을 누리시게나

오뚝이 인생

마음은 있어도
늘 행하지 못하고

뜻이 있어도
게으름 피우니

꿈도 희망도 졸지에
물거품이 되었다

놓치고 후회한들
무슨 소용 있으랴

마음먹은 대로
마음 가는 대로

열심 연마하다 보면
또 다른 길이 보이겠지

다시 해 보는 거야
난 할 수 있어!

도시의 밤거리

달빛 내리는 낯선 거리
어둠 속을 질주하는 자동차
비틀거리는 취객들
고이 잠든 개밥 바라기 깨운다

졸고 있는 가로등
휘황찬란한 네온사인
긴박하게 깜박이는 신호등
가로수 가장이 위에 달이 걸렸다

갈길 잃은 짚시여인
코끝을 자극하는 밤바람
덥석 마음을 내어주고
어둠 속 기로에 서 있다

어디로 가야 할까
어디로 가야 하는지
거시 시해 걸음나비
절름발이 되어 건 밤새우며 걸었다

삶은 경쟁이 아니다

정지된 시간
풀리지 않는 수학
길을 묻고 답을 얻으려 하는 순간
고통이다

언덕 넘어 또 다른 언덕이 있고
산 넘어 또 산이 있듯이
완벽이란 문밖에서
자신을 학대하며 서성이지 말자

잡으려고 하면
이미 내 것이 아니듯
앞서가는 사람
잡지 말고 그림자도 밟지 말자

탐욕은 금물
고행이고 사치다
자신을 다독이며
나의 길을 정진하자

간절함 (502 병동에서)

딱딱한 콘크리트
벽장에 갇혀
혈관을 타고 흐르는 기류에
포로가 되었다

아픔을 호소하는 신음
무서운 공포에 시달려
가슴 움켜쥐고
고통과 싸우다 밤을 지새웠다

밤을 독식한 아침
식은땀으로 흥건히 온몸 적시고
안도의 한숨 토해 내고 있을 때
창밖에는 소낙비가 내렸다

속절없이 내리는 비가 그치고 나면
고통의 늪에서 벗어나
아름다운 연둣빛 봄을
가슴 가득 채울 수 있었으면 좋겠다

마른 꽃

거꾸로 매달려도
예쁘고

삐딱하게 걸어 놓아도
똑바로 보이고

옆으로 돌려놓아도
눈이 부셔

넌 어쩜 그렇게

뒷모습조차도 섹시하고
아름답니?

가을이 가기 전에

눈을 뜨고
하루 종종걸음 하다 보면
어느새 어둠이 내립니다

하루 일상이 그렇고
깊어가는 가을이 그렇고
숨 가쁜 내 마음이 그렇습니다

아무리 태연 한 척 해보지만
단풍잎이 짙게 물들어 한 잎 두 잎
갈바람에 툭툭 떨어집니다

떨어지는 단풍잎 수 만큼이나
가을은 그렇게 그렇게 익어가고
내 마음도 조금씩 성숙해 가겠지요

이 가을 가기 전에
낙엽이 다 떨어지기 전에
꼭 한번 그대를 만나고 싶습니다

능소화 연정

온갖 시련
모진 풍파 견디며
일편단심 임 그리다

구중궁궐로
야반도주 하다
달님별님에게 들킨 사연

피눈물 흘리며
주홍 꽃잎에 연서로
곱게 물들인 능소화

임 가시는 길
다소곳이
가냘픈 몸치장하고
기다리는 여심
애달프고 슬퍼 보이는구나

내리는 빗소리에
행여 임 오시는 소리
들리지 않을까 봐

높은 담장 너머
온몸으로 칭칭 감고
노심초사 긴 목 빼고
기다림에 지쳐

꽃잎마다 그렁그렁
빗물 눈물 뒤범벅되어
맺혀 있구나

한 맺힌 너의 그리움
바람 편에라도
오매불망 임에게
전달 되었으면
좋으련만
그랬으면 좋으련만

낙엽

무슨 날 벼락인가
생이 그리 부질없는단 말이냐
돌개바람 황홀함에 빠져
추락한 사랑

전신이 너덜너덜
갈기갈기 찢어진 살가죽
싸늘히 식어가는 몸뚱어리
영면에 들지 못하고 구천을 떠도는 영혼

누굴 탓하랴
누굴 원망하랴
바람이 유혹한 덫에 걸려
눈먼 사랑한 네가 바보지

인생

혼탁한 공기
뼛속까지 파고들어
비틀거리는 몸

내 마음
내 뜻대로 되지 않은
굴곡진 인생사

억울하다
울어본들 무엇해
이미 때는 늦으리

이제 와서
후회한들 무엇해
되돌릴 수 없는 청춘이건만

아!
그러거니 하고 사는 거지
그렇게 체념하며 사는 거지

자연의 신비

들판을 보라
움트는 새싹들은
산고의 진통을 겪고도
아무 일 없었다는 듯이
뿌리를 내리고
잎을 피우기 위한 몸부림

산을 보라
겨우내 잠자던 나뭇가지마다
땅의 기운을 끌어당겨
무성한 숲을 만들기 위해
바람에 흔들리며
아우성치는 소리

강을 보라
막히면 막히는 대로
넘치면 넘치는 대로
역류하지 않으며
유유히 흐르는 강물

아!
어찌 이 모든 것이
감동이 아니겠는가!
보는 것 듣는 것만으로도
경이롭다

오지랖

늘 그랬던 것처럼
비우지 못한 어리석음 때문에
외롭고 아픕니다

그냥 흘러가는 구름처럼
아무 일 없다는 듯이
두 눈을 감으면 되는 것을

보이는 것이 다가 아님을
스스로 낸 생채기에
상처받으면서도 말입니다

무슨 답을 얻으려 했는지
되새김질 해보지만
이견을 좁힐 수 없습니다

그냥 버려두면 그만인 것을
그냥 지나치면 마음 편할 것을
뒤돌아보니 얼룩진 흠집뿐입니다

사랑꽃

당신이 파종한
사랑의 씨앗

관심으로
살뜰히 가꾸었더니

날마다 향기롭고
아름다운 꽃이 핀다

내 가슴에

내 안에 그대

봄비 맞으며 홀로
강둑을 걸었습니다

땅바닥에 퉁겨지는
빗방울 수 만큼

내 가슴에는 촉촉한
꽃물이 물들었습니다

아무리 비바람이 불어도
씻기지 않고 마르지 않는 꽃

내 안에 있는 멋진 사람
그대는 영원한 내 사랑입니다

그대를 사랑합니다
그대를 노래합니다

내 삶이
다 하는 날까지

봄을 위하여

그대가 오면
나는 길 위에 서서 노래하리라

빈 들녘
헐벗은 나무와 움트는 대지
산의 눈물을 한 가슴 담고
봄바람 따라나서리

산 가지마다
들 가슴마다
희망이 되고, 꿈이 되리라

먼 길 찾아오는 그대와
가난한 세상에 기쁨이 되리라

나
저 마른 들판 어린 생명을 위해
한 모금의 마중물이 되리라

외로움

세상에 고독을 즐기는
사람 어디 있으랴
그러거니 하고 사는 거지

적막이 흐르는 공간
침묵 속에 갇혀
표적이 되어버린 영혼

마음이 약해지면
자존감은 사라지고
추한 늪에 허욱 적 댄다

미동 없는 바람
허용된 창 틈새로
응고된 시간 파멸시킨다

하얀 이별

이별이란
예감 때문에 바보처럼
먼저 울지 않겠습니다

처음 시작부터
영원한 것은
아무것도 없었으니까요.

한 걸음 다가서면
한사코 달아나
내 안에 소유할 수 없는 것들

싸늘한 눈보라 속에
덩그러니 홀로 남아
외롭고 고독합니다

준비 없는 비보에
하늘도 내 마음처럼 아픈가 봅니다
하얀 눈이 펑펑 쏟아지는 걸 보니

잎새달에 딸의 연가

꽃눈 내리는 잎새달이 오면
그리움이 봇물 터지듯
가슴 깊숙이 젖어 듭니다

잊는다고 잊어야 한다고
냉정하게 돌아선 마음이
봄만 되면 홍역을 앓습니다

아직도 잊지 못한 탓일까
바람이 불고 꽃눈 내리는 날엔
이유 없이 눈물이 핑 돕니다

해마다 봄은 어김없이 오는데
또다시 당신 생각에
빈곤한 마음 시리기만 합니다

오늘 같이 못 견디게 보고 싶은 날엔
그날처럼 셔터를 누르며
추억을 재현해봅니다

그대라는 꽃

세상에서 제일 아름답고
예쁜 꽃은 그대라는 꽃입니다

절세가인 양귀비꽃도
비 바람불면 쓰러지고 꺾이지만

사랑으로 핀 그대라는 꽃은
사시사철 피어있지요

삶이 힘들어 지칠 때는
향기로 용기를 북돋아 주고

교만할 때는 미동 없는
흔들림으로 교훈을 줍니다

외롭고 쓸쓸할 때
나비와 벌 불러 모으고

슬플 때는 눈물 대신
청아한 이슬 머금고 오열하지요

언제 어디서나 다정한 벗처럼
내 안에 그대라는 꽃은

영원히 지지 않는
생명의 불꽃입니다

수정고드름

살며시 밀려오는
하얀 그리움

차디찬 처마 끝에
거꾸로 매달려

까만 밤에는
달빛에 꿈을 꾸고

파란 낮에는
물빛에 꿈을 풀다

말간 햇살 꽃 피면
영원히 사라질 형상

돌아누운 아기 낮달
마른 눈물 삼킨다

희망을 품고서

어둠이 가기도 전에
하루를 마중 나갑니다

누구에게나 똑같은 시간
똑같은 일정이 주어진다면

무슨 의미가 있고
무슨 재미가 있겠습니까

눈에 보이지 않는 하루
지레짐작으로 두려워 마세요

어제도 두려움 없이
당당하게 살아낸 하루

오늘도 그냥 시작하고
도전하는 자세로 출발합니다

한 걸음씩

온종일 궂은일 해도
당신 생각에
힘이 났습니다

음지에서 살아도
당신과 함께라서
마음 편안하고 행복합니다

가난은 좀 불편하지만
생각하기 나름이잖아요
무슨 욕심 있겠습니까

가진 만큼 있는 만큼 살면 되지
불평불만 있으리오
늘 당신 사랑 먹고 사는데

당신 말씀 뜻대로
저 높은 곳을 향하여
날마다 앞으로 나갑니다

사랑의 찬가

새처럼 날아서
오대양 육대주 건너서라도
그대 곁으로 갈게요

너무 오래 기다리라
말하지 않을게요
보고 싶고 그리운 그대

바보 같아서
아직 사랑한다는 말
한마디 못하고

속으로 맴도는 말
그대는 내 사랑
그대는 나의 희망의 빛

소중한 내 사람아
이 세상 다 하는 날까지
내 곁에 꼭 머물러 주세요

언제까지나 그대만을
사랑 사랑합니다
이 생명 다하는 그날까지

결혼 기념일 날

억 겁 인연 중에 당신을 만나
참 많이도 서투른 몸짓으로
젊음을 불태우며 살아온 삶
산 넘고 강 건너
숨 고르며 뒤돌아보니
참 멀리까지 왔습니다

지난 세월
행복했던 순간보다
힘들었던 시간이
많았음에도 불구하고
당신은 늘 잘될 거라며
술잔에 힘을 빌려
희망가를 불러 주었지요

그럴 때마다
꿈 하나를 가슴에 심고 가꾸었더니
가지마다 사랑이 달리고
행복 익어 웃음이 납니다
가난이 결코 죄가 아니었음을
몸소 보여 주시던 당신

그런 당신을 미워하며
탕진한 숱한 시간이
얼마나 어리석음이었는지
오늘 솔직히 고백합니다
미안합니다 아주 많이
사랑합니다 멋진 당신을

결혼 기념일 날
당신 아내가

제목 : 결혼 기념일 날
시낭송 : 박영애
스마트폰으로 QR 코드를 스캔하면
시낭송을 감상할 수 있습니다.

거울 속 여자

핏기 없는 창백한 얼굴
억지로 픽 웃는 모습
며칠 피죽도 못 먹은 듯하다

몇 개월 건강 관리 한답시고
종횡무진 하더니
결과가 만족하지 못한 듯

앵두 같은 입술은
나팔처럼 튀어나오고
초점 잃은 두 눈 껌뻑거린다

나이 탓일까
세월 탓일까
건강 탓일까

가웃 동 설레설레
고개를 저어보지만
예전 같지 않은 건 분명하다

분첩으로 얼굴을 토닥이고
꽃분홍 립스틱으로 입술을 칠하고
마스카라로 눈썹에 힘을 주어더니

생기 반란한 거울 속 여자
행복한 얼굴로
나를 바라보며 미소짓고 있다
덩달아 따라서 웃는다

행복한 인생

말할 수 있고
들을 수 있다는 건
가장 행복한 일입니다

볼 수 있고
걸을 수 있다는 건
큰 축복입니다

가진 것 없어도
나눌 수 있는 마음이 있다는 건
말할 수 없는 기쁨입니다

돌아갈 집이 있고
소중한 가족이 있다는 건
행운이고 감사할 일입니다

바람불면 부는 대로
비가 오면 젖은 채로
살아가는 것이 나의 사명인가 봅니다

유일한 사람

구름이 끼니
그 사람이
생각난다

바람이 부니
그 사람이
보고 싶다

비가 내리니
그 사람이
그리워진다

빗물처럼
쏟아지는 옛 추억
가슴에 젖어 드는 걸 보니!

그 사람을
많이 사랑하고
있나 보다

나 산천초목이어라

임 사모하는 마음
움직일 수 없는
산이어라

밤낮없이 그대 향해
흐르는 내 마음
강물이어라

그대를 위해 꽃 피우고
이름 없이 사라질 나는
잡초이어라

죽는 날까지 그대 생각하며
잎새 피워 줄 나는
한 그루의 나무이어라

임 사모하는 내 마음
죽는 날까지
산천초목이어라

황혼이 오면

솜털 구름 흐르고
바람이 쉬어 가는 곳
평화가 샘솟는
작은 언덕 위에 집을 짓고
그대와 살고 싶습니다

창문 넘어 쏟아지는
별빛을 쓸어 담아
내 곁에 있는 당신이
행복할 수 있도록
풀꽃 편지를 쓰겠습니다

앞산 뻐꾸기 울면
같이 따라서 울고
개울 흐르는 물소리에
장단 맞춰 즐겁게
합창하겠습니다

숲을 가꾸듯
아름다운 삶을 살찌우며
예쁜 꿈 키우며
저무는 붉은 저녁노을처럼
그렇게 익어 가겠습니다

제목 : 황혼이 오면
시낭송 : 박영애
스마트폰으로 QR 코드를 스캔하면
시낭송을 감상할 수 있습니다.

행복한 소통

그대는
나에게
아름답고 예쁜 모습만
보이려 하지요

그러지 마세요
힘들면 힘들다고
외로우면 외롭다고
말을 하세요

내 마음 그대에게 들키듯
그대 마음도
내 눈에 다 보여요
이제 그만 속 시원히 털어놓으세요

끙끙대지 말고
우물쭈물하지 말고
괴로워하지 말고
좀 더 가까이 다가오세요

그냥 편한 그대
벗 되어 드릴게요
아픔을 어루만져 드릴게요
그대 내게로 오세요

고백

우리 인연을 고운 인연이라고
말하는 그대가 참 고맙습니다

따뜻하게 잘해주지도 못하는데
그대는 늘 그림자처럼 동무해줍니다

용기를 주고 힘내라고 등 토닥여주는
그대가 내 곁에 있어 행복합니다

우울한 날엔 음악을 선물해주고
기쁠 땐 나보다 더 좋아하는 당신입니다

그런 그대와 이 험한 세상 함께 할 수 있어
얼마나 다행이고 축복인지 모릅니다

사랑하면서 사랑한다고 표현 한 번 못하고
살아온 지난 세월 늦기 전에 고백하고 싶습니다

당신은 내게 유일한 사람이자
세상에 오직 하나뿐인 영원한 내 사람입니다

멋진 그대 사랑합니다

제목 : 고백
시낭송 : 박순애
스마트폰으로 QR 코드를 스캔하면
시낭송을 감상할 수 있습니다.

지난 삶의 굴레

가난이란 굴레에
힘들고 지칠 때도 있었지만
가슴은 늘 따뜻했습니다

사랑만 있으면
행복할 거라 믿고 모진 삶
끈을 놓지 않았습니다

오기와 배짱으로
어떤 시련이 닥쳐와도
고통과 맞서 극복했습니다

외로움에 허기지는 날엔
하늘을 쳐다보며 넋두리하고
책을 보며 자신을 다독였습니다

가난은 결코 죄가 아님을
마음먹기 나름이고
생각하기 나름이란 걸 알았습니다

지금 곁에 있는 사람 다정한 친구들이
돈보다 소중한 보물이고
재산이라는 것을 이제야 느낍니다

나이는 먹는 것이 아니라 익어가는 것이고
행복한 삶은 비울 때 가장 행복하다는 것을
온몸으로 깨달았습니다

제목 : 지난 삶의 굴레
시낭송 : 박영애
스마트폰으로 QR 코드를 스캔하면
시낭송을 감상할 수 있습니다.

횡성의 밤

고단한 삶
누구를 탓하리오
세월이 나를 속이고 달아나도
귀 틀어막고 살아야 하는
운명이거늘
어깨가 무거워도
삶이 버거워도
그 흔한 눈물 쏟아보지 못하네
그냥
그렇게 세상 부끄럽지 않게 살면
그뿐인걸
참되게 사는 거지
바람도
구름도 모두 벗이요
스치는 인연마다
기쁨이오
행복인 것을
깊어가는 횡성의 밤
봄을 기다리는
여인의 넋두리에
돌아서 누운 달그림자
밤이 설구나
밤이 설구나

마음

구름 따라
바람 따라
어디로 가는 걸까

냇물 따라
강물 따라
어디로 흘러 가는 걸까

높은 하늘 날아서
넓은 바다 건너서
희망의 나라로

별처럼 빛나고
꽃처럼 아름다운
행복의 나라로

순결하고 깨끗한
너에게
풍덩 빠지고 싶다

꿈에 본 고향

한달음에 달려간 내가 살던 곳
하늘 아래 첫 동네 양지마을
아는 사람은 다섯 손가락 안팎이다

부농을 꿈꾸며 귀농한 사람
컹컹 반갑다고 짖는 누렁이가
그곳을 지키고 있었다

무너질 듯 구멍이 숭숭 뚫린
허술한 돌담 사이로
옛날 동무들 초롱초롱한 눈동자가 보인다

알록달록한 버짐 꽃 핀 얼굴
멀대같이 버쩍 마른 몸
단발머리 빡빡머리 가시나 종내기

지금쯤 어디서
무엇을 하고 있는지
내 생각 잊지는 않았는지

쓰나미처럼 밀려오는
가난한 그리움에
가슴을 적시며 눈물을 훔친다

살망태에 솔바람 냄새는
아직도 그대로인데
나그네 마음 어디 정붙일 때가 없구나

아! 못 잊어 찾아왔건만
가는 곳마다 추억만 태산 같고
구름처럼 그리움만 두둥실 떠다니누나

아버지

누군가 등 뒤에서
늘 응원하고 기도해주는
사람이 있다는 걸 그땐 몰랐습니다

조건 없이 묵묵히
행복을 빌어주고
용기를 북돋아 주던 당신

날마다 헛기침으로
곤히 잠든 아침을 깨우며
교만에 빠질까 봐 시련도 주셨지요

그런 당신이 미워서
원망하며 방황한 적이
한두 번 아니었습니다

바람 부는 날엔
갈대처럼 흔들리며
미친 사람처럼 밤거리를 헤맸고

비 오는 날엔
옷이 젖는 줄도 모르고
비틀거리며 신작로를 걷고 또 걸었습니다

그러면 그럴수록
비웃기라도 하듯
냉정한 당신은 모른 척 했었지요

미워하며 원망하던 당신이
얼마나 소중한 사람이었는지를
떠난 후에야 절실히 깨달았습니다

어스름 저녁 길
어디에선가 다시 올 것만 같은 당신
아직도 채 마르지 않는 그 추억에 눈시울 적십니다

제목 : 아버지
시낭송 : 박영애
스마트폰으로 QR 코드를 스캔하면
시낭송을 감상할 수 있습니다.

꿈

지천명 중턱에서
갈대처럼 흔들리는 널 위해
밤낮을 가리지 않고 노력한다

시련에 부딪쳐
좌절할 때도 있었고
뜬구름을 쫓아 방황도 했었다

부푼 가슴에 품고
야생마처럼 달리고 뛰었건만
잡힐 듯 말듯 애간장만 태우는구나

오늘도 장독대에 정화수 한 사발 떠놓고
촛불 밝혀 두 손 모아
간절한 마음으로 빌어본다

너를 위하여

첫사랑

촉촉한 그리움에
남몰래 눈시울 적시며
지난밤도 하얗게 지새웠습니다

문득 눈 감아도 보이는 그대 영상
필름처럼 돌아가는
까마득한 지난날 옛 추억

고귀하고 아름다웠던 핑크빛 순정
새끼손가락 걸며
약속했던 풋사랑

힘들고 외로울 때마다
문득 떠 오르는 걸 보니
아직도 그대는
잊지 못한 내 그림자인가 봅니다

바람

젖은 누더기를 말리고
얌전하다가도 성나면
야누스처럼 두 얼굴로 둔갑하여
순식간 아수라장을 만든다

눈비를 몰고 다니고
구름을 밀고 다니고
여인의 옷고름을 헤치고
꽃바람을 피운다

정처 없는 나그네
마음 뒤숭숭하게 하고
보일 듯 말듯
아랫도리 훔치다 뺨 맞는다

보이지 않지만 느낌으로 안다
춥다 덥다 시원하다
사계절 이 골목 저 골목
앞산 뒷산에서 골목 대장 행세를 한다

혹한을 등에 업고
시린 몸뚱어리로
오지 않는 봄
그 봄을 기다리며 동구 밖을 서성인다
바람바람바람

불편한 진실을 위해

서투른 언어로
타인을 힘들게 하고
표현의 자유 잘못 표기되어
가슴에 남긴 생채기
어찌하면 좋을지

곱지 못한 시선
입에 담지 못할 쓴소리
불편한 오해
진실 꼬리를 물고 흔드는
암울한 시간
통금 해제되길 바라며

또다시 붓을 잡고
지천명 벼랑 끝에 서서
깊게 뿌리내린 자신의 진실
모르던 가능성을 위해
텃밭을 가꾸듯
문명에 학문을 닦는다

화해가 된다면

쓸데없는 잡생각에
촉각을 세우고
밤을 붙들고 씨름하다
무거운 눈꺼풀 들어 올릴 쯤
암탉이 새벽을 깨웠다

좀 더 잘 할 걸
후회한들 무슨 소용
감정에 충실하고 몰입하다
놓쳐버린 시간
가슴에 박힌 불편한 언어

풀지 못한 숙제
진실은 타락하고
부풀려진 말
대립하다 직면해 부딪쳐
툭! 땅바닥에 떨어졌다

따뜻한 봄날
증오와 가식이 아니라
용서와 연둣빛 사랑으로
옹골차게 거듭나길 바라며
푸석한 땅에
거름과 퇴비를 뿌릴 것이다

밤을 잊은 여자

뿌연 미세먼지 탓에
반짝이던 별도 달도
돌아서 누운 한겨울밤

지독한 외로움
처절한 몸부림
고독 속에 허우적거린다

홀로 정지된 시간
아는지 모르지 침묵을 깨우며
경강선 야간열차는 지나간다

자정 지나 새벽이 오건만
동공은 점점 또렷해지고
푸른 밤 독식하는 불새처럼

한마당 짜리 연극배우 되어
고달픈 삶에 무게 내려놓고
알몸으로 허물을 벗었다.

깨달음

눈꽃에도 떡잎 있고
까만 세상을 덮어 버린
백색에도 티가 있더라

바람이 지나다 흘린 눈물
그 눈물이 떨어져
지도를 그려놓을 줄 몰랐다

그냥 피부로 느끼는 거지
바람에도 생리적인 현상이 있는지
그 누가 알았겠는가

바람은 소리 내어 울기도 한다
얼마나 아픈지 무엇 때문에 우는지
관심조차 없었지

내 몸에 이상이 생겼을 때
그때야 비로소
후회하며 안달이다

보이지 않는다고
만져 지지 않는다고
느낌이 없는 것이 아니다

내 가슴속 깊이
흐르는 마음처럼
댓가 없이 흐르는 실핏줄처럼

그렇게 순환하는 것이
대자연 순리이고
인간의 본능인 것을

불효

욕심 때문에 내몰린
고립된 마음 허허롭다

가시밭길 벼랑 길도
운명이면 방법이 따로 없지 않은가

누굴 원망하고
누굴 탓하는가

바람 분다고
흔들린 내 양심 탓이지

독백

그대 가슴에
배 띄우고 노를 젓는
뱃사공이 되고 싶어요

그대는 어두운
바닷길을 밝혀 주는
달과 별 되어 주세요

풍랑 만나거든
닻을 내려
바람을 막아주고

비 내리면
옷 젖지 않도록
우산이 되어 주세요

가다 힘들면
구성진 뱃노래로
흥을 돋우며

행복 항구에
도착할 때까지
벗이 되어 주세요

일출

붉은 해를 잉태한 하늘
산파 부를 겨를 없이
양수가 터져 덜컥 순산한다

피비린내 나는 해 덩어리
조건 없이
품는 넓은 동해 바다

탯줄을 푸는 순결함에
길 가던 행인들
우르르 구름처럼 모여

태평성대 기원하며
간절한 마음으로
두 손 모아 기도 한다

작은 행복

소박함에
스담스담
작은 행복 찾아들고

많은 것을
소유하지 않아도
부족함에 목마르지 않네

내가 머무는 곳에
새가 날아와 노래하며
쉬어가고

가끔 전해주는
너의 안부와
바람처럼 살다가

그대 가슴에 지지 않는
풀꽃 되어
영원히 살고 싶다

행복이 뭐 별거인가요

소소한 일상에서
보람을 찾고 소박한 삶
영위하는 여자

나눔을 실천하며
배움을 게을리하지 않고
열심히 연마하는 여자

자신의 삶 살찌우며
소중한 인연 관계
사랑으로 승화하는 여자

외모는 못생겨도
진실한 마음만은
최고라 우기는 여자

시부모님 사랑 가득
남편 사랑 가득
두 아들 사랑 가득

더 뭐가
부러울 게 있나요
몸만 건강하면 되지!

사랑의 길

일러 주지 않아도
가르쳐 주지 않아도
이젠 알겠습니다

당신이 뭘 원하고
무엇을 바라는지
조금씩 보입니다

미움과 시기로
굳게 닫았던 마음을 여니
참사랑 보이기 시작합니다

어두운 가시밭길
비록 아프고 쓸쓸하지만
난 외롭지 않습니다

당신과 마주 보며
함께 가는 길이라면
왠지 행복할 것만 같습니다

제목 : 사랑의 길
시낭송 : 박영애
스마트폰으로 QR 코드를 스캔하면
시낭송을 감상할 수 있습니다.

소중한 당신

고속도로 차창 가 넘어
하얀 서리꽃이 핀
가로수 나무들 사이로
스멀스멀 지난 추억들이
뇌리를 스쳐 갑니다

낯설지 않은 건물들
빠르게 질주하는 자동차
오가는 길이 빈번해도
누군가 만난다는 설렘에
가슴이 벅찹니다

새로운 출발
또 다른 인연
지금 내가 가고 있는 이길
걷고 있는 이길 이
고난 길이라 할지라도
운명이라 생각하겠습니다

당신과 함께 라면
당신과 함께할 수만 있다면
어떤 시련과 고통도 참아내며
인내할 수 있을 것 같습니다

당신은 나에게 그런 사람
당신은 나에게 유일한 사람
언제 어디서나
빛과 소금이 되어주는
아름다운 당신이 곁에 있어 행복합니다

끝이 없는 길

날이 새기도 전에
책상 앞에 앉았다

숨이 막힐 듯
빼곡히 꽂혀 있는 책들
먼지가 수북이 쌓여있다

언제부턴가
관심조차 없는 책들이
촉이 되어 심장을 찌른다

시인이란 탈을 쓰고
고뇌 찬 불면의 시간
힘든 고행이다

얼마나 더 습작하고
연마해야 길이 보일런지
아직도 깜깜한 절벽이다

가을이다

어느새 가을이다
산골짜기 계곡
조약돌을 흔들며 흘러가는 맑은 물소리
그리웠던 추억이 한잔의 커피를 마시는 동안
가슴을 지나간다
지나온 세월이 사랑스럽고
스쳐 간 인연이 고맙다
희망이 가득한 세상
시기와 다툼이 없는 환한 미소로
고운 맘 나누며
아름다운 추억으로
살아보자
살아가자

백두대간 도전

목마른 길
굽이굽이 돌아
백두대간 댓재 도착하니
여우 같은 갈바람
꼬리를 감추고
비구름만 서성이네

짙푸른 초록 세상 풀숲에 숨어
동그란 웃음 띠는
작은 들꽃들 앞에
바윗덩어리처럼 무거운 짐
다 내려놓으니
터질 것 같던 복장이 날아갈 듯 가볍구나

청아한 들꽃의 아름다움
두 눈에 담고
허허로운 마음에는
진한 솔향을 담아
산새들처럼 고운 목소리로
닫힌 귀를 열고

텅 빈 머리 두타산 정기를 받아

지혜로운 사고로 행동에 옮기며

힘겨운 인생길

비바람 헤치며

묵묵히 그대와 함께 걸어가리라

백두대간 도전 하다
댓재-통골재-두타산 정상

딸의 사모곡

칠월칠석 견우와 직녀
해마다 만나는 날이죠
그래서 다들
비가 내린다고 합니다

나는 다릅니다
오래전 하늘나라로
이사 가신 울 어머니 생신날
자식바라기 하시며 흘리시는
눈물이 아닌가 싶습니다

내리는 비에서
어머니 냄새가 납니다
구수한 군고구마
쾌쾌한 생선 비린내
두 어깨에 하얗게 핀 소금꽃
분명 어머니 땀 냄새입니다

내리는 비에는 옷이 젖지만
그리움은 가슴이 젖습니다
두 볼에 흘러내리는
그리움과 보고픔에
가슴은 숯덩이처럼
타들어 가는데

내 마음 모르는 사람들은
견우성과 직녀성
두 별이 은하수를 사이에 두고
이별과 해우 반복
그래서 슬픈 비가 온다고 합니다

나는 압니다
비가 아니라
그리움 한이 되어 내리는
어머니께서 흘리신
통곡의 눈물이란 것을.

칠월칠석 지금은 고인 되신 친정어머니 생신날입니다

비 그리고 가을

아침 내내 뿌리던 비는 멎었다
잠시 따스한 바람이 불고
맑음이 찾아와 손을 내민다
매미가 다시 울고
전령의 교향곡 소리가
떠나간다
가로수가 춤추는 갓길
설익은 가을이
고개를 든다
퍼뜩 나 올 것이지
뜸을 들이고
애간장을 녹이고 서 있다
저기 온다
낯익은 고운 얼굴
높고 푸른 하늘을 태우고
세상은 붉은빛
시인의 가슴을 두드리며
바람이 분다
이 가슴 저 가슴
익어가는 계절
빨간 고추잠자리가 온다

그대는

새벽을 걸어 나를 깨우는 그대는
이 빗속을
이 먼 길을 바람처럼
또 왔는가
사랑이 뭐길래
그리움이 그 무엇이기에
이 가슴 두드리는가
사랑아
가을엔 우리 만나자
그리운 가슴 그대 하나
나 하나
갈잎을 줍고
저무는 강가 익은 꽃잎처럼
풀잎에 누워 빛고운
가을이 되자
붉은 추억이 되자

겨울은

가을이 가는 줄도 모르고
긴 겨울 준비를 하고
텅 빈 곳간을 채우며
곳곳마다 가을을 저장했습니다

살뜰히 들녘을 옮겨 놓고서야
풍년가 노랫소리 절로 나오고
우여곡절 많았던 봄 여름 가을 지나
겨울이 오니 가정에 평화가 깃듭니다

날이 갈수록 마음은 오동통하게 살찌고
몸은 새털처럼 가벼워집니다
겨울은 그렇게 어머니 품속같이 푸근한
사랑을 잉태하는 계절인가 봅니다

며느리의 심로

갈대처럼
휘어진 마음
꼿꼿하게 펴지도 못하고
가을바람에
흔들리고 있다

방심한 순간
낙엽 두 잎
툭툭 떨어져
내 등에 업혔다

비틀비틀
쓰러질 듯 말듯
마음은 바닥을 쓸고
내공은 무너진다

무정한 세월
처절한 몸부림 앞에
인내란 두 글자만 남기고
어둠 속으로 사라졌다

나의 길

아름다운 추억으로 물든
길 하나 지금
만들어 가고 있습니다

그 길은 나를 위해
주어지는 길이 아니라
소중하고 아름답게
내가 만들어가는 길입니다

사시사철 꽃길을 걷는
사람이 있는가 하면
평생 너덜 길을
걷는 사람도 있습니다

난 예쁘고 아름다운
꽃길만을 걷는
여인이 되고 싶은데

지나온 삶을 뒤돌아보면
가시밭길과 울퉁불퉁 돌길 걷던
시간이 훨씬 더
많았던 것 같습니다.

앞으로 내 삶은
젖은 낙엽처럼 되지 말고
예쁜 단풍잎처럼
아름답게 익어 가고 싶습니다

꽃길만 만들어 가고 싶습니다
꽃길만 걷고 싶습니다
그대와 함께

제목 : 나의 길
시낭송 : 김기월
스마트폰으로 QR 코드를 스캔하면
시낭송을 감상할 수 있습니다.

고뇌

버겁다
내가 선택한 길
절벽에 부딪혀 부서진 삶
누가 가라고
누가 하라고
등 떠민 것도 아니거늘
그저 좋아서 시작한 일
좋은 일
궂은일 그러려니 하고 살자
힘들 땐 소리 내어 울어도 보고
미친 척 고함 질러가며
가끔은
나를 풀어놓고
삶의 굴레에서 벗어나
혼자 여행도 가자
비바람에 흔들리고
상처 난 내 인생
가엾은 흔적
아직 갈 길은 멀다
괴롭고 너무너무 힘들어도
견디며 가자
웃으며
살
자.

삶

온도계의 수은주가
쪼그리고 앉은 한겨울
해뜨기 전이 가장 춥다

인생은 평탄한 길을
걷는 것이 아니라
내가 가야 할 길을 고르게
만들며 가는 것

앞으로 오는 미래의 시간표마다
감사한 마음을 안고
생에 최고 젊은 오늘
행복으로 채색할 수 있으니
그 얼마나 감사한 일인가.

어머니 그때는 몰랐습니다

높고 깊은 사랑
물 쓰듯 흥청망청 쓰고
양분을 느끼지 못하고
보충만 하고 살았습니다

눈 뜨면 볼 수 있고
마음먹으면 당장이라도
찾아가 만날 수 있기에
구태여 찾지 않았습니다

가는 세월 십팔 번 유행가
귀에 못이 박이도록 부르셔도
지나가는 바람 소리거니 하고
모른 척 외면해 버렸습니다

동지섣달 긴긴밤
벽에 걸린 금박 사진틀 속
아버지를 쳐다보시며
쉴새 없이 눈물 흘리시던 까닭
그때는 몰랐습니다

그리움에 목이 메어
먼지 묻은 앨범을 펼치고
미라처럼 말라붙은
젖가슴 더듬고서야
이제야 알았습니다

오매불망
자식 걱정 바라기 하다
남편 그리움으로
눈물로 짧은 인생 살다 가신
당신 모진 삶
그리고 가슴 아픈 흔적들을,

제목 : 어머니 그때는 몰랐습니다
시낭송 : 박영애
스마트폰으로 QR 코드를 스캔하면
시낭송을 감상할 수 있습니다.

고뿔

소리 없이 흐느끼는 바람
창가에 서성이는 검은 그림자
긴장의 늪에서 허욱 적 댄다

신열이 온몸을 흔들고
처절한 몸부림 고통 속에 핀
붉디붉은 열꽃

저항 한번 못한 채
들숨 날숨 숨통 조이다
등은 바짝 바닥에 눌어붙었다

세상이 빙글빙글
삶도 빙글빙글
천지가 돌고 돈다

도대체 그놈 정체가 뭐길래
지독한 홍역으로
내 인생이 흔들리는 걸까

불순한 생리통같이
예고 없이
찾아오는 불청객 넌

짝사랑

내 마음대로
그대 그리워하고 사랑한다면
그것도 죄가 되나요

죄가 된다 해도
추억하며 사랑할래요
하루도 그대 잊을 수가 없어요

아픔과 고통이 뒤따를지라도
나 그대 영원히 사랑하며 살래요
그대 곁에 머물며

그대 향기로
이 세상 다하는 날까지
동행하고 싶어요

내 인생

바람이 분다고
풍랑을 맞을 거라
미리 짐작하고
너무 두려워 말자

구름이 끼었다고
비가 올 거라
서두르지 말고
허둥대지 마라

행복한 인생도
파도타기에
멀미 나고
구토가 난다

호호 시절만 있으랴
때론 흔들리고
비에 젖어
웃고 우는 게 인생이더라

그게
내 삶이고
내 사랑이고
내 인생인 것을

무명초

시인이란 틀 속에 갇혀
예쁜 물감으로 색칠을 하고
아름다운 언어로 포장하기보다는
진솔하게 표출하는 무명초 같은
한 송이 꽃을 피우고 싶다

허영과 겉멋이 들어
어려운 단어 끼워 맞추고
타인의 말을 훔쳐 대작 쓴들
독자 마음을 움직이지 못한다면
무슨 소용 있으랴

진솔 담백하고 청렴하게
하늘처럼 아름답게
고목처럼 알몸으로
아는 만큼 즐겁게 습작하다 보면
일상이 즐겁고 행복하지 않을까

조바심으로 그르치지 말고
좀 더 천천히 사물을 관찰하고
낮은 삶을 살고 내공을 쌓다 보면
멋진 시인은 못되어도
부끄럽지 않은 시인이 되지 않겠는가

삶 그리고 여유

좀 부족하면 어때요
자신이 만족하면 되지요
못생기면 어때요
내 잘난 맛에 살면 되지요

좀 가난하면 어때요
마음은 억만장자인데요
인생사 뭐 별거 있나요
주어진 대로 살면 되지요

좀 순서가 뒤바뀌면 어때요
돌아서 순리대로 가면 되고
가다 보면 지름길도 보이고
천국이 보일 텐데요

가을

가을은 참 예쁘다
향 짙은 들국화꽃처럼

가을은 참 아름답다
알록달록 단풍잎처럼

가을은 참 짧다
아침 이슬처럼

가을은 참 아프다
떨어지는 낙엽처럼

그래서
가을은 상실의 계절
그리움에 계절인가 보다

가슴이 허전하고
마음이 아파 오는 걸 보면!

향수

돌아서 누운 산 그림자
쓰러진 늙은 고목 위에
낮달이 걸려 있다

못 내 사뭇 치는 그리움
나그네 서러움에
망향가를 불러 보지만

구멍 난 가슴은
차디찬 갈바람에 시리고
등골이 아프다

애써 고통을 감추려고
태연한 척 그러면 그럴수록
향수는 깊어만 간다

행복 비

봄에 내리 비는
꽃비라고 하고

여름에 내리는 비는
사랑의 비라 하지요

가을에 내리는 비는
추억에 비라 하고

겨울에 내리는 비는
그리움 비라 합니다

그럼 사계절 내 마음에
내리는 비는 뭘까요

늘 촉촉하게 가슴이 젖는 걸 보면
행복 비가 아닐까요

기다리는 여심

한마디 말 못 하고
가슴에 꼭꼭 묻어둔 사랑
세월 가면 갈수록
그대 향한 나의 그리움
가을처럼 깊어만 갑니다

얼마나 더 참고
기다려야 만날 수 있나요
가슴은 숯덩이처럼
시커멓게 타들어만 갑니다

때론 잊고자 뜬 눈으로
하얀 밤을 지새워도 보았지만
그러면 그럴수록 더 선명하게
떠오르는 그대 영상
그런 날이면 심한 통증으로
몇 날 며칠 가슴앓이 하지요

햇살 고운 날은 예쁜 연서 곱게 적어
내 마음 바람편에 보내고
비 오는 날에는 단풍잎에
내 사랑 예쁘게 물들어 띄워 보냈지만
다시 수신 거부 되어 돌아옵니다

얼마나 더 기다려야 하는지
얼마나 침묵해야 하는지
아니면 차라리 잊어야 하는지
답답한 마음 오늘도 애간장만 탑니다

이제는

잿빛 구름 속에
가려진 무딘 삶
성이 난 생채기
연고를 바른들 치유될까

기로에 선 삶 줄타기하며
지독한 멀미를 한들
무슨 소용 있으랴
돌아누운 세상이
아무런 관심조차 없거늘

푸석해진 마음
어디 정붙일 곳 없어라
바람처럼 구름처럼
정처 없이 떠돌다
풀어헤친 봉긋한 가슴 속으로
사정없이 파고드는 가을

거부할 수 없는 인생사
바람에 실려 구름 가듯이
내 인생 또한
그러거니 하고 살자
참음이 터뜨림보다
강하다는 것을
몸소 보여 주며 살고 싶다

행복을 짓는 여자

당신을 만난 후
창백했던 내 얼굴은
날마다 웃음꽃 피고

사랑이 뭔지
인생이 뭔지 알게 해준
별보다 당신

당신이 너무 좋아요
조건 없이 좋아요
이유 없이 좋아요

사랑은 사랑받는 것보다
사랑해서 행복하다고
말하는 당신

그런 당신 곁에 있어
내 삶은 하루하루 축복이고
아름다운 수채화로 물들어 갑니다

중년 꽃 필 때까지

올 한 해 참 많이도
웃고 울었습니다
아무리 공짜라지만
물 쓰듯 헤프게 웃었고
웃음 속에서도
눈물을 자아냈습니다

아픔 속에서도 미소 지었고
눈물 속에서 그냥 웃었습니다
자신이 외로울까 봐
그래서 웃었습니다

한 번만이라도
잘살아 보고 싶습니다
반듯하게 아름답게
사랑하면서 삶을 살찌우며
그렇게 살고 싶습니다

나를 반듯하게 세우고
어떤 시련이 닥쳐도
가족을 사랑하고
나를 멀리하는 사람들을
사랑할 수 있도록 노력할 것입니다

미움은 악을 낳고
사랑은 행복을 가져온다 믿기에
좀 모자라는 듯
그냥 그렇게
바보처럼 살고 싶습니다

복을 짓는 것도 내 몫이요
화를 부르는 것도 내 몫이겠지요
그렇지만 완전한
인생이 어디 있겠습니까

나에게 복이 온다면 저축하고
힘들 때 나눔을 실천하며
외로울 때 손잡아 줄 친구 만나
멋진 일에 투자하겠습니다

꽃 중에 꽃 제일 예쁜 중년에 꽃을
아름답게 피울 수 있도록
내 이웃과 내 가족과 내 친구를 위하여
사랑하며 바보처럼 살겠습니다

제목 : 중년 꽃 필 때까지
시낭송 : 박영애
스마트폰으로 QR 코드를 스캔하면
시낭송을 감상할 수 있습니다.

고마워요 그리고 당신

처음 만나 사랑할 땐
밤하늘에 달도 별도 따줄 듯이
나밖에 모르던 당신

모진 세월 세파에 시달려
언제 그랬냐는 듯
참 많이도 변한 사람

어찌 보면 당신은
변한 것이 하나 없는데
못 난 내 탓이라 하겠지요

사는 게 바빠서 코가 석 자라며
사랑 따윈 사치고 관심 없듯
종횡무진 앞만 보고 가는 당신

그런 당신이 너무 미워서
한땐 방황하고 삶을 비관하며
투정도 해 보았지만

그러면 그럴수록
나보다 부모님이 우선이고
가정보다 이웃을 사랑하며
힘든 삶을 묵묵히 개척하던 당신

어느덧 세월이 남긴 흔적
머리에 찬 서리 내리고
검게 그을린 구릿빛 얼굴
다리는 아파 팔자 걸음
모든 상처가 내 탓인 것만 같아
마음이 아리고 가슴이 아픕니다

여자만에 이유로
받으려고만 했던 철 없던 사랑이
얼마나 부질없는 어리석음이였는지

이런 새벽 어둠을 헤치고
일터로 향하는 당신 뒷모습 보면서
부끄러운 나 자신을 자책합니다

평생지기

사는 게 바빠서
사랑이 뭔지 행복이 뭔지 모르고
바람처럼 살다가
당신을 만나 삶을 꿈꾸듯 비상합니다

이젠 비선을 통해
숨바꼭질하지 않겠습니다
현실을 부정하지 않고 자유롭게
아름다운 사랑 물들이고 싶습니다

안개 같은 나의 길에
동행이 되어주고 정신적인 지주가
되어준 사람이 당신이었기에
그 어떤 걸림돌도 이젠 문제없습니다

미로 같은 인생길
고난과 역경이 닥쳐와도
두렵지도 무섭지도 않습니다
넘지 못할 벽 건너지 못할
강이 어디 있겠습니까

어두운 삶에 소망의 빛으로
흔들리는 영혼에 혼신을 다하여
활력을 넣어준 사람이 당신이라서
너무나 행복합니다

멋지고 고마운 당신 앞에서
한평생 사랑가를 부르는
청초한 여인이 되고 싶습니다

제목 : 평생지기
시낭송 : 박순애
스마트폰으로 QR 코드를 스캔하면
시낭송을 감상할 수 있습니다.

주인공 되어

오늘같이 비 내리는 날은
비발디 사계를 들으며
당신과 마주 앉아 정답게
따뜻한 차 한잔을 마시며
꽃물 같은 사랑 이야기
나누었으면 좋겠습니다

넘치는 과욕은 조금씩 덜어내며
비워진 마음 언저리에
차곡차곡 행복을 채우며
험한 인생길 아름답게
물들이며 살아갔으면 좋겠습니다

비바람 불어와도
다정하게 맞잡은 손 꼭 잡고
우산 속 나란히 걸어가는 주인공
그 주인공이
당신과 나였으면 좋겠습니다

한마당 짜리 연극배우
엑스트라가 아닌

동행

나는 그대
믿음 없이 못살고
그대는
내 사랑 없이 하루도 못살죠

힘겨운 날에
따뜻한 손 내밀어 주고
포근한 가슴으로
날 안아준 한 사람

그대와 함께 하는
매 순간 들이
행복으로 다가옵니다

바람에 쓰러져도
다시 꼿꼿하게 일어서는
풀꽃처럼
그대 곁에 머물고 싶어요

언제까지나
당신 품에 안기어 잠들고 싶어요
사랑합니다
영원히

가을 문턱

입추란
이름으로
가을의 서막을 열었다

불볕더위도
조석으로 한풀 꺾이고
공활한 하늘은 가을 흉내를 낸다

긴 여름
아름답던 여정
즐거운 쉼표 시간

행복 열차는
삶의 희로애락 싣고
내일의 꿈을 위해

또 다른
정거장을 향하여
고고 앞으로 직진한다

흔들흔들
그대와 나의
행복을 싣고서

내게 단 한 사람

그 사람
까만 밤 밀치고
새벽이면
내게로 오는 사람

때론
지친 삶에
웃음꽃을 피우는
삐에로 같은 사람

늘 웃고 있지만
웃음 뒤에 감춰진
분화구처럼
뿜어내는 열정

마음껏 풀어내지 못한 끼
신들린 사람처럼
써 내려 가는
시어들 속에

그 사람 인생이 보인다
그 사람 삶이 보인다
그 사람 마음이 보인다
그래서 내 가슴이 시리다.

함께 걸어가요

자식처럼 아껴주고
보듬어 주는 언니야
몸이 만신창 파김치 되어도
궂은일 힘든 일 마다치 않는 언니야
그런 언니에게 남사스러워
고맙다고 표현 한번 제대로 못했어요

그저 만나면 힘들다고
신세 한탄 앙탈 부리며 대못을 박았던
동생을 엄마의 마음으로
따뜻한 가슴을 내어주던 언니야
인제야 넓고 깊은 사랑 깨달았어요

곱디고왔던 아름다운 언니야
어느덧 검은 머리에 찬 서리 내리고
긴 목에 주름이 자글자글
걸음걸이는 팔자걸음
어찌 그리 엄마 닮아 가는지
세월에는 장사가 없나 봅니다

언니가 엄마처럼 인생 익어 가듯이
나도 언니 뒷모습 보며
아름답게
우아하게 삶을 살찌우며
꽃피우고 열매 맺어
따라서 익어 갈게요

우리 다정히 함께 걸어가요
외할머니 걸어오신 인생길
엄마가 걸어 오셨듯이
그 길 따라 언니가 걷고
언니가 걸어온 길
지금 내가 조심조심 걷고 있어요

멋진 인생길

제목 : 함께 걸어가요
시낭송 : 박영애
스마트폰으로 QR 코드를 스캔하면
시낭송을 감상할 수 있습니다.

방황

모순된 삶의 방정식
비틀거리는 나그네
후회한들 무슨 소용
정해진 운명인 것을

과욕으로 탕진한 시간
굴복 못 한 어리석음
청춘 덫에 갇혀
허무한 인생 타령하니

동네 똥개만도 못한
푸대접 서러워한들
누가 알아줄까
자초한 길이 아니던가

아침이슬

셀 수도 없이 맺혀
유별나게 반짝반짝
마음 설레게 하는
그런 날이 있어

떠날 시간 재촉하는
살갑게 흔드는 바람에도
달콤한 햇님의 입맞춤에도
그냥 사라지기 싫은 날

온종일
푸르른 당신의 가슴에서
또르르 또르르
마냥 구르고 싶은 날

그렇게 살아요

갈까 말까
할까 말까
고민하지 마세요

짧은 인생사
뭘 그리 상념에 빠져
허덕입니까

그냥 물 흐르듯이
삶을 살찌우며 들꽃처럼
아름답게 살아가면 좋겠습니다

공역에 빠져
허덕일 수밖에 없는
질곡에 삶이지만

한번 가버린 세월은
또다시
돌아오지 않습니다

우리 조금만 더
참고 인내하며 행복하게
살았으면 좋겠습니다

나에게 산은

공기다
삶의 힐링이다
일상의 에너지다

산에 오를 때
산에 머무를 때
너무 행복하다

산에서 나는 길을 묻는다
소나무처럼 당당하고
순탄하게 살아가는 길을

가슴으로 느끼고
마음으로 담아서
시를 쓴다

대자연 앞에서
잠시 발 도장 찍고 머물다가는
가난한 여행자일 뿐이다

개꿈

돌담 사이에 핀
꽃을 바라보다
향기에 취해
넋을 잃고 말았습니다

지나던 바람이
툭
어깨를 치며
흔들어 깨웁니다

설상가상
눈을 떠보니
바람이 쳐 놓은 덫에 걸려
꼼짝달싹도 못합니다

검은 먹구름 사이로
천둥 번개
사정없이
후려칩니다

아슴아슴
전율이 일어나
오돌오돌 떨며
소리칩니다

살려 달라고

그대 그리운 날엔

가끔 마음이 울적할 땐
하늘을 보고
못 견디게 그대 그리울 땐
들길을 하염없이
걷고 걸었습니다

귓불에 살랑살랑 스치는 바람
옷깃 사이로 스며드는 청량감
눈이 즐거우니 울적했던 마음에
삼삼해지는 풍경이
한눈에 들어옵니다

작은 샛강에 비치는 윤슬
밤새 메마른 갈대에 대롱대롱 매달린 이슬
황금 들녘 지키는 늙은 허수아비
길섶에는 꽁생원들의 빠른 행보가
생동감 넘칩니다

이렇듯 자연은
늘 조건 없는 사랑으로
전부를 내어 주고도 모자라
빈가슴에 행복마저
가득 채워 줍니다

이토록 오늘처럼
그대 그리운 날엔
행복한 순간 엮어
내 사랑 곱게 곱게 물들여
예쁜 풀꽃 편지 써서
그대에게 전하고 싶습니다

산책길 풍경

하얀 안개꽃
산허리를 감고 불그스레
태양이 고개 내민다

졸졸 샛강은 노래하고
물새 한 마리
길을 내며 퍼덕인다

길가에 핀 금계국은
잔뜩 이슬 머금고
고개를 갸우뚱한다

어제와 똑같은
그 길을 가는데
물소리 풍경이 다르다

어떤 날은
돌다리가 피아노 건반이 되고
바람은 가던 길 멈추고
신나라 나뭇가지 잡고
덩실덩실 춤을 춘다

흐린 날은
친구처럼 따라다니던
그림자가 숨바꼭질 한다

오늘은 해가 떴다
어디선가 날 부르는 소리에
뒤돌아보니 그림자였다

내 그림자가 따라온다
앞서거니 뒤서거니
힘찬 발걸음으로

파이팅을 외치며

백대명산 완등의 날

우여곡절 많았던
455일간의 여정
새벽이슬 비바람 맞으며
오르고 또 오른 산행은
험한 벼랑길도 마다치 않았다.

오로지 열정과 패기
때론 지쳐 포기하고 싶었던 순간
정상을 밟을 때마다
감격은 쩌렁쩌렁 메아리로 돌아왔다.

이제 마지막 고지를 밟고
능선을 따라 내려가는 길
오로지 이 순간을 위해
걸어왔지만
아쉬움도 미련도 많다.

길고 긴 여정
응원과 격려를 아끼지 않았던
산우 "山友" 덕에
돌부리에 걸려 넘어져도
백대명산 고지를 밟았다

남은 인생
후회도 미련도 없이 천산에 올라
나를 사랑하는 사람과
내가 사랑하는 사람을 위해
긴 여정 함께 하고 싶다.

오랫동안 함께 하는
건강한 여행이 되었으면 좋겠다.

제목 : 백대명산 완등의 날
시낭송 : 박영애
스마트폰으로 QR 코드를 스캔하면
시낭송을 감상할 수 있습니다.

구분옥 시집

초판 1쇄 : 2018년 5월 25일

지 은 이 : 구분옥

펴 낸 이 : 김락호

캘리그래피 : 진홍만, 허성재

디자인 편집 : 이은희

기 획 : 시사랑음악사랑

인 쇄 : 청룡

연 락 처 : 1899-1341

홈페이지 주소 : www.poemmusic.net

E-Mail : poemarts@hanmail.net

정가 : 10,000원

ISBN : 979-11-6284-016-0